PIÈCES

POUR SERVIR A L'HISTOIRE

DE

SAINTONGE ET D'AUNIS.

Propriété de l'Éditeur:

PIÈCES

POUR SERVIR A L'HISTOIRE

DE

SAINTONGE ET D'AUNIS.

PROCÈS-VERBAL

De l'Assemblée des trois Ordres de la Sénéchaussée de Saintonge,
convoqués et réunis à Saintes, le 16 Mars 1789,
pour l'élection des Députés aux États-Généraux.

« Les hauteurs un peu frivoles de la Noblesse
« n'ont pas empêché la Bourgeoisie Française
« de s'élever et de prendre place au niveau
« supérieur de l'État. Les jalousies un peu
« puériles de la Bourgeoisie n'ont pas empêché
« la Noblesse de conserver les avantages que
« donnent la notoriété des familles et la longue
« possession des situations. Dans toute Société
« qui dure, une certaine hiérarchie des conditions
« et des rangs s'établit et se perpétue. »

(Guizot.—Préface du Cours sur l'Histoire
de la Civilisation.)

SAINTES

Chez FONTANIER, Éditeur.

1863.

St-JEAN-D'ANGÉLY—IMP. LEMARIÉ.

PRÉFACE.

Si parmi les œuvres littéraires, celles qui répondent aux sentiments, aux besoins, aux passions et aux intérêts du grand nombre, réunissent les principales conditions du succès et de la renommée, il n'en peut être ainsi des productions qui, par leur nature, ne s'adressent plus particulièrement qu'à une catégorie fort restreinte de lecteurs. Le temps seul et parfois des circonstances imprévues viennent consacrer plus tard l'utilité de celles-ci, et rendre à leurs auteurs des hommages posthumes et mérités. Ces réflexions générales qui sont applicables à toutes les époques, n'en trouvent pas moins une certaine opportunité dans le silence gardé depuis plus d'un an déjà sur un livre composé cependant au point de vue de notre histoire locale.

Nous voulons parler du volume in-8° publié en
1861, chez Dumoulin, à Paris, et qui porte pour
titre : *La Noblesse de Saintonge et d'Aunis convoquée pour les Etats généraux de* 1789. Sans
doute, au premier abord, cet ouvrage ne semble
devoir intéresser que les familles de l'ancien Ordre
de la Noblesse, qui se sont perpétuées jusqu'à nos
jours à travers les difficultés de nos orages politi-
ques ; et sous ce rapport, il offre une lacune que
nous nous proposons de combler aujourd'hui. Mais
tel qu'il a été conçu, ce livre plein de recher-
ches, rigoureusement impartial, rempli de détails
ignorés, de dates précises, non-seulement est de
beaucoup supérieur aux publications analogues de
MM. Bardy, Matagrin, Barthélemy, de la Roque et
autres écrivains qui ont traité cette matière, mais
encore il doit atteindre, croyons-nous, un but plus
général.

En effet, il n'a été publié jusqu'à ce jour qu'une
seule histoire des anciennes provinces de Saintonge
et Aunis, qui présente une suite et qui puisse
prétendre au titre d'histoire générale de notre
pays : c'est celle de M. Massiou. Pourtant, dans
cet ensemble assez complet, le lecteur attentif et
exercé qui aura puisé chez les historiens de nos
provinces limitrophes, des termes de comparaison,
apercevra facilement plusieurs omissions capitales,
soit qu'elles aient été préméditées, soit qu'elles

aient échappé à l'écrivain. M. Massiou, malheureusement pour son œuvre, n'a eu ni la force
ni le désir de se dégager des préjugés de son
époque, préjugés d'autant plus dangereux qu'ils se
présentaient eux-mêmes à son esprit comme la con-
damnation des erreurs d'un autre âge et comme la
juste mesure des progrès de la civilisation moderne.
Avec des idées ainsi préconçues, les historiens
conspuent le passé de leur pays, comme ces fils déna-
turés qui maudissent leurs mères. Triste et fatale erreur qui peut seule expliquer les aberrations systéma-
tiques et vraiment inconcevables qui déshonorent un
travail destiné d'ailleurs à passer pour sérieux! C'est
ainsi que l'historien de la Saintonge et de l'Aunis,
dominé par des ressentiments chimériques, ne craint
pas de transporter dans le domaine de l'histoire, le
pamphlet et le roman. *La confession de Sancy* lui
est bonne à diffamer gratuitement et par mesure
rétrospective, la mémoire d'une Abbesse de Saintes
et l'honneur d'un Prélat; voilà pour l'Église (a)!

(a). Il est inutile, nous le pensons, de rappeler aux
lecteurs quels qu'ils soient, que notre polémique contre
l'auteur de l'histoire de Saintonge et Aunis s'arrête d'une
manière absolue devant la mémoire de l'homme. De ce que
M. Massiou ne peut répondre aux critiques dont son
livre est le sujet, *la critique* n'en doit pas être moins
libre; mais nous savons, de source certaine, la fin
catholique de cet auteur et nous sommes du nombre
de ceux qui s'inclinent sans arrière pensée, pleins de
respect pour les chrétiennes et suprêmes réparations.

Les aventures du Baron de Fœneste, autre fiction satirique de l'implacable d'Aubigné, sont mises à contribution avec une complète ignorance des noms de lieux et de familles, et fournissent une page burlesque sur le baronnage du xvie siècle ; voilà pour la Noblesse! Mais rien ou presque rien sur la transformation graduelle de notre Société provinciale à l'aide des droits, franchises, immunités, priviléges accordés et confirmés aux villes et à leurs corps municipaux; rien ou presque rien sur les délibérations et élections des maires, échevins, conseillers, pairs, sur leurs familles etc., détails si essentiels à la physionomie d'une histoire provinciale, et que se gardent bien d'omettre aujourd'hui les monographes intelligents et consciencieux. On dirait que l'auteur a redouté de trouver, en fouillant plus avant dans l'intimité de notre vieille Société française, plus de liberté et de grandeur morale qu'il ne voulait en révéler à ses contemporains. Aussi, peut-on soutenir avec certitude que, sous ce rapport, l'histoire de notre province reste entièrement à faire. M. Massiou avait bien d'autres soucis! Les temps antérieurs à l'Ère révolutionnaire sont pour lui comme non-avenus. Il a hâte d'arriver à cette époque de ses prédilections et dans sa précipitation, ¹ ne se fait aucun scrupule de sauter à pieds joints sur le xviiie siècle tout entier. Ce qui le préoccupe, c'est d'accourir à

toutes les manifestations ou fêtes *patriotiques* religieu-
sement reproduites par le journal de Bourignon. Là,
il est dans son centre, il se venge du passé, de
l'ancien régime, de la monarchie, des ordres privilégiés
surtout, et il s'épanouit par exemple au touchant
récit de l'installation du *vénérable* Robinet qui « *sait
allier les grandes vérités de la Religion, aux principes sublimes de la Constitution française.* »

Mais on chercherait en vain dans cet ouvrage
aussi partial que passionné, des détails sur le
mouvement véritablement patriotique de notre Province en 1758, et sur la convocation du ban de
la Noblesse à cette époque. Il ne parle pas da-
vantage des efforts qui furent tentés en 1788 et
1789, pour l'établissement en Saintonge d'États Pro-
vinciaux sur le modèle de ceux du Dauphiné ; de
la convocation des trois Ordres dans cette circons-
tance, de leur touchant accord, des démêlés de
la Sénéchaussée de Saintes avec celle de Saint-Jean-
d'Angély et avec le Bailliage de La Rochelle, et
de l'opposition de ces trois centres aux prétentions des États de Guyenne qui voulaient les ab-
sorber ; ou du moins s'il en dit quelques mots, c'est
pour confondre d'une manière impardonnable la
convocation du 5 février 1789 pour les États Pro-
vinciaux, avec l'élection du mois de mars pour
les États Généraux. Il ne se montre pas plus scru-
puleux dans l'étude de ce mouvement électoral

dont il semble ignorer jusqu'au mécanisme lui-
même. C'est ainsi que pour se ménager un petit
scandale historique sur les prétentions du second
Ordre, M. Massiou rapporte en le dénaturant, l'incident occasionné, à La Rochelle, par la procura-
ration confiée au Procureur du Roi Orceau par
l'intendant de Rochefort, et repoussée, dit-il, par
la Noblesse de la Sénéchaussée d'Aunis, qui *s'avisa de
trouver malséant qu'un gentilhomme fût représenté
par un roturier.* » Or, si l'auteur s'était donné la
peine de jeter les yeux sur le *Règlement Royal
pour l'exécution des Lettres de convocation du* 24
Janvier 1789, il y aurait vu que les articles xvii
et xx disposent que les Écclésiastiques et les Nobles
ne pourront se faire représenter que par des procureurs pris dans leur ordre respectif. La même
disposition est consignée tout au long dans l'assi-
gnation aux Ecclésiastiques et Gentilshommes, as-
signation dont le modèle a été reproduit fidèlement dans le livre de M. de la Morinerie, à la
page 32 de son aperçu historique. La *Sénéchaussée* d'Aunis ne se serait donc *avisée* de rien de
bien extraordinaire si le cas s'était présenté, et
c'est M. Massiou qui *s'avise* de trancher des ques-
tions qu'il n'a pas daigné étudier, puisqu'ici encore il semble confondre la convocation provinciale avec celle des États-Généraux, et que d'ailleurs il fausse ontrageusement l'histoire par une

allégation relevée et démentie par M. de la Morinerie, à la page 21 de sa Préface. Si de pareils
détails n'étaient pas dignes de ses investigations,
au moins n'aurait-il pas dû tomber dans des erreurs matérielles du genre de celle-ci :

« Les *huit* députés élus par la Sénéchaussée de
« Saint-Jean-d'Angély furent : pour le Tiers-État,
« de Bonnegens, Viaud, lieutenant-général au
« *bailliage*, Picard de la Pointe, lieutenant de la
« Vénerie du Roi, et Régnaud, avocat ; pour le
« Clergé, Landreau et Lespinasse, prieur titulaire
« de Saint-Pierre de Moustier ; pour la Noblesse,
« le Marquis de Beauchamps et le Baron d'Allarde,
« capitaine au régiment des chasseurs de Franche-
« Comté. » (T. VI. p. 16.)

Ainsi, de par l'auteur de notre histoire locale, qui
n'a pas plus consulté le tableau annexé au Règlement Royal pour la classification des Bailliages et
Sénéchaussées, que ce règlement lui-même, la Sénéchaussée de Saint-Jean-d'Angély aurait eu une double
députation. L'on pourrait jusqu'à un certain point
s'expliquer cette erreur en l'attribuant à un double
emploi et en supposant que l'historien a reproduit
la liste des députés suppléants, à la suite de celle
des députés titulaires. Mais cette excuse n'est même
pas admissible. M. Massiou fait mieux que cela :
pour trouver son nombre *huit*, il attribue par
surcroît à la Sénéchaussée de Saint-Jean, la dé-

putation tout entière du *Bailliage* de St-Pierre le Moustier (généralité de Moulins), députation qui se composait en effet de MM. Lespinasse, pour le Clergé, Baron d'Allarde, pour la Noblesse, Vyau de Baudreuille et Picard de la Pointe, pour le Tiers-État. Avec moins de légèreté, la qualification de lieutenant-général au *Bailliage*, qui suit le nom de Viaud, aurait suffi pour éclairer M. Massiou qui ne devait pas ignorer que Saint-Jean-d'Angély avait le titre de *Sénéchaussée* et non pas de *Bailliage*, et que d'ailleurs il ne lui avait été attribué par le Règlement Royal qu'une simple députation, c'est-à-dire quatre députés en tout, au lieu de *huit*.

Des erreurs aussi manifestes et qui prouvent combien peu sérieusement l'auteur a étudié les faits de cette époque, sont bien propres à tenir le lecteur en garde contre les allégations plus que hasardées dont fourmille son ouvrage. Nous en citerons encore une parmi tant d'autres.

A la page 187 (toujours du T. VI.), il cite la lettre d'un *ci-devant gentilhomme* de Saintonge, réfugié à Douvres, au conventionnel Bernard, de Saintes, lettre signée Trébuchet et que pour l'honneur du signataire, nous aimons mieux croire apocryphe. Or, dans la liste des Gentilshommes Saintongeais, publiée par M. de la Morinerie, on chercherait en vain ce nom de Trébuchet. Il a existé en effet à Saintes, une famille Trébuchet, famille très-honorable qui a fourni des officiers au siége présidial de cette ville, entre autres, Etienne Trébuchet, qualifié *Seigneur d'Aumont*, *lieutenant particulier au Sénéchal et présidial de Saintes*, marié à demoiselle Marie Repéré dont il laissa un fils, François-Étienne-Rémy Trébuchet, lequel se maria, en 1779, à Marie-Rosalie Berry, et qui est peut-être l'auteur présumé de cette si triste correspondance. Mais rien dans les qualifications prises par les différents membres de cette famille, n'autorise à la classer parmi la Noblesse de la Province, et il reste prouvé d'ailleurs qu'elle n'a pas figuré aux réunions de cet Ordre en 1789, comme M. Massiou aurait pu s'en convaincre, s'il eût daigné jeter les yeux sur les procès-verbaux et consulter la liste des électeurs imprimée par Toussaints. Mais il s'en serait bien gardé !

Ce simple aperçu suffit pour démontrer combien d'erreurs historiques peuvent être réfutées par une étude consciencieuse, comme celle que nous offre M. de la Morinerie dans son livre écrit sur documents authentiques et officiels. Cet ouvrage offre en outre un intérêt tout nouveau : il est un armorial presque complet de notre Province, œuvre qui nous manquait jusqu'à ce jour. Nous disons que c'est un armorial *presque* complet, parce que le cadre de ce travail ne comprenant que les familles existantes en 1789, il a été impossible d'y

mentionner celles qui, antérieurement à cette époque, étaient éteintes ou avaient abandonné la Saintonge et l'Aunis.

Sauf quelques rares erreurs de typographie et
de détail, on peut dire que le livre de M. de la
Morinerie est parfait dans son genre. C'est d'ailleurs un hommage qui lui est rendu par la *Bibliothèque héraldique de la France*, de M. Guigard,
attaché à la Bibliothèque Impériale (Paris, Dentu,
1861). Si sous le rapport de la représentation ac-
tuelle des familles, il est certains articles qui
laissent quelque chose à désirer, les familles qui
auraient à s'en plaindre, ne peuvent s'en prendre
qu'à leur négligence et à leur refus de toute com-
munication.

Deux ou trois passages seulement auraient exigé
peut-être quelques explications plus précises. Le
Règlement Royal, article xxi, établit que les procureurs fondés pourront avoir, indépendamment
de leur suffrage personnel, deux voix et non davan-
tage, *quel que soit le nombre de leurs commettants.*
En parcourant les listes publiées par M. de la
Morinerie, on trouve plusieurs électeurs qui en
effet avaient été chargés de trois ou quatre procurations, sans que le lecteur puisse se rendre compte
de cette apparente superfétation. Or, il résulte de
ce même article xxi, que les procureurs avaient
pouvoir de présenter pour la confection des ca-

hiers, les mémoires et instructions de leurs commettants, sans que le nombre de ces derniers paraisse limité. Telle est l'explication de cette accumulation de pouvoirs.

L'auteur avance (page 26 de son aperçu historique) que l'élection des députés suppléants, pour ce qui est de la Sénéchaussée de Saintes, eut lieu le 3 du mois d'août 1789. Mais le procès-verbal de la délibération du 1er août pour la révocation des mandats impératifs de l'Ordre de la Noblesse, procès-verbal que l'on trouvera reproduit dans ce recueil, établit implicitement que ces députés suppléants avaient été élus antérieurement, puisqu'ils sont dès-lors mentionnés avec cette qualification. Cependant M. de la Morinerie s'appuie également sur un procès-verbal, pièce empruntée aux archives de l'Empire. Il se sera peut-être produit quelque incident resté ignoré jusqu'à présent, qui aura nécessité une seconde élection des suppléants et aura eu pour résultat la réélection des députés déjà nommés.

Enfin, il est une objection qui pourra se présenter à l'esprit de certains lecteurs : la liste des Électeurs Nobles contient quelques noms qui figurent dans celle du Tiers. C'est ainsi que Lacroix de Saint-Cyprien vote avec l'Ordre de la Noblesse, à Saintes, et avec celui du Tiers-État, à Sarlat ; Bonnegens figure avec le Tiers, à St-Jean-d'Angély ; et avec la Noblesse, à Angoulême ; Guénon vote à

la fois avec la Noblesse et avec le Tiers, à Saintes.
Ce n'est encore là qu'une apparente contradiction
qui ne saurait infirmer l'autorité d'un document
sérieux. M. de Froidefond, dans son armorial du
Périgord, constate très-bien par une note consa-
crée aux Valleton de Boissière et de Garraube, que
cette famille dont plusieurs membres avaient voté
avec le Tiers en 1789, n'en avait pas moins été
maintenue dans sa noblesse par un jugement de
la Cour des Aides de Bordeaux, en date du 11
juin 1777. En effet, il pouvait arriver que certains membres d'une famille eussent acquis la
noblesse par des charges, ou autrement, sans que
cet anoblissement eût profité aux autres membres
de cette même famille. D'ailleurs, il arrivait aussi
que des gentilshommes, par suite de leurs fonctions
financières, judiciaires, municipales, etc., etc..., se
trouvaient placés, pour ainsi dire, à la tête du Tiers
dans leurs Sénéchaussées, et préféraient y exercer
leur influence personnelle. D'autres enfin, soit par
caprice, soit par ambition ou par entraînement poli-
tique, comme Mirabeau, désertaient leur Ordre pour
celui qui bientôt devait être *tout*. De sorte que si
la comparution aux assemblées du second Ordre
peut être invoquée comme preuve de noblesse, le
vote aux assemblées du Tiers ne saurait être con-
sidéré rigoureusement comme une preuve contraire.
Les exemples qui précèdent, suffisent pour le prouver.

Nous avons déjà dit plus haut que le livre de M. de la Morinerie présente cependant une grande lacune : écrit spécialement au point de vue de la Noblesse, il omet les listes du Clergé et du Tiers-État. C'est cette omission que nous venons réparer aujourd'hui en publiant in extenso le procès-verbal de la réunion des trois Ordres de la Sénéchaussée de Saintes, du 16 mars 1789 , procès-verbal dont nous possédons une expédition signée du greffier Brunet et paraphée *ne varietur*, à chaque page, par le marquis de Nieuil, grand Sénéchal de Saintonge. Il nous a paru que cette publication était un complément indispensable de l'histoire de cette mémorable époque dans notre Province. Mais pour arriver à un travail satisfaisant sur ces temps si agités et déjà si loin de notre génération , il faudrait pouvoir réunir dans un même recueil les cahiers et mandats des trois Ordres. Alors seulement, nous posséderions toutes les pièces de ce grand procès historique et nous pourrions asseoir un jugement certain sur les sentiments, les aspirations et les intérêts qui préoccupèrent nos devanciers au milieu de ce mouvement réformateur. Malheureusement, l'ensemble de ces précieux documents nous fait défaut; nous attendrons pour en faire l'objet d'une étude particulière , d'avoir complété notre collection.

Nous nous bornerons donc aujourd'hui à présenter sous son triple aspect le corps électoral de la Sénéchaussée de Saintes, dont M. de la Morinerie n'avait montré qu'un côté. Nous n'ajouterons au procès-verbal du 16 mars, que les pièces suivantes qui nous ont paru s'y rattacher tout naturellement :

1° Le procès-verbal de l'élection des députés de la Noblesse, du 26 mars 1789, emprunté au journal de Bourignon.

2° Celui du 1er août suivant, pour la révocation de leurs mandats, imprimé sans doute à Saintes, (plaquette in-12, de 2 pages), mais sans nom d'imprimeur.

Enfin, à la suite de ces procès-verbaux, nous reproduisons la *déclaration* des députés de l'Ordre de la Noblesse de la Sénéchaussée de Saintes, sur le décret du 19 juin 1790, déclaration qu'ils firent imprimer, à Paris, chez J. Girouard, rue de Grenelle-Saint-Honoré, — Pièce devenue très-rare. Ce que l'on ignore généralement, c'est que cette protestation formulée d'abord de vive voix, au sein de l'Assemblée, par ces mots : «*il n'y a pas d'amendement avec l'honneur* » fut relevée à peu près dans les mêmes termes par M. de Beauharnais à qui elle valut depuis le surnom de *Féal Beauharnais*, et qui n'avait été en réalité que l'écho de l'un des députés de la Sénéchaussée de Saintes.

Si ce premier essai paraît intéresser les lecteurs

Saintongeais, nous donnerons suite à nos études historiques tant sur cette époque de 1789 , que sur celles qui l'ont précédée, et nous tâcherons de justifier par le choix des documents, le titre général que nous avons adopté pour cette publication et pour celles qui pourront la suivre : *Pièces pour servir à l'Histoire de Saintonge.* »

On trouvera aussi en appendice , la liste des Émigrés des Provinces de Saintonge et Angoumois, réunis en cantonnement à Münster-Maienfeld , en 1792. Leurs noms figuraient pour un grand nombre, au procès-verbal du 16 mars.

Saintes, le 25 Septembre 1862.

T. DE B. A.

Le seize mars mil-sept cent-quatre-vingt-neuf, sur les neuf heures du matin, les trois Ordres de la Sénéchaussée de Saintonge assemblés en la grand'salle du Palais-Royal de Saintes, en vertu des Lettres et Réglement de Sa Majesté, du 24 janvier dernier, et de l'ordonnance de M. Le Berthon, Lieutenant-Général, du seize février aussi dernier, nous, Arnoul-Claude Pouté, marquis de Nieuil, comte de Confolans, seigneur du château Dompierre, Ville-Favard, Rouilly et autres lieux, chef d'escadre, commandeur de l'Ordre Royal et militaire de Saint-Louis, Inspecteur-Général du Corps Royal de la Marine, Grand-Sénéchal de ladite Sénéchaussée, assisté de M. de Beaune, Procureur du Roi, et de Me Brunet, Greffier en chef, avons fait procéder par un huissier à l'appel des membres de l'Assemblée dont l'état suit.

Pour le

CLERGÉ.

Monseigneur De La Rochefoucaud, Évêque de Saintes ; MM.

Delaage, doyen du Chapître, tant pour lui que comme député du même Chapitre et fondé de pouvoir du Prieur de Saint-Léger ;

Déguière, chanoine, aussi député du même Chapitre et fondé de pouvoirs du Prieur de Sercoult, de l'Abbé de Charente;

Dudon, chanoine, aussi député du Chapitre, et fondé de pouvoir du curé de Saint-Agulin ;

Claude, Supérieur de la Mission, en vertu des procurations du sieur Cosson, Prieur de St-Vivien, et de M. l'Évêque de Soissons ;

Arnaud, curé de St-Palais-lès-Saintes, ayant pouvoir de Madame l'Abbesse du dit Saintes, et du sieur Tinon, curé de Bazas ;

De Saint-Légier, chanoine et chapelain de Bois-le-Roi, fondé de pouvoir du Chapitre collégial de St-Martial de Limoges et Prieur de Saujon, et du Prieur de Saint-Georges-de-Didonne ;

De Lord, chanoine, en vertu du pouvoir des Religieuses Carmélites de Saintes ;

Douzanville, grand chantre, muni de pouvoirs des Religieuses Notre-Dame dudit Saintes, et du sieur Dangibaud, chanoine et chapelain de St-Thomas ;

Taillet, chanoine et archidiacre d'Aulnis, muni des pouvoirs de l'Abbé de Sablonceau et du sieur Massilan, prieur d'Arvert ;

Saboureau, sous-principal du collége de Saintes, fondé de pouvoirs du Clergé de la paroisse de St-Pierre du dit Saintes, et des sieurs Pain, curé de Polignac, et Ervoy, curé de St-Martial ;

Le Père Marin, Supérieur de la Charité, représentant les Frères de la dite Charité ;

Daiguillon, chanoine, ayant pouvoir des Religieuses Saintes-Claires de cette ville, et du sieur Robert, curé de Chalignac ;

Vinan, prieur de Cérizou, muni des pouvoirs des sieurs Monjou, curé de Moulon, et Roy, prieur de Messac ;

Lavergne, curé de Tugeras, fondé des pouvoirs des sieurs Duclos (curé ?) de Chaunac, et Frouin, curé de Chartuzac ;

Dabescat, curé de Montendre, ayant les pouvoirs des sieurs Brard, curé de Pomiers, et Lafond, curé de Vallet ;

Michel, curé de Fontaine, ayant pouvoirs des sieurs Ferrand, curé de St-Médard, et Rigal, curé d'Ozillac ;

Barrau, prieur de St-Vivien de Pons, ayant procuration de sieurs Garreau, prieur de Rop, et Martin, curé de Poulignac ;

Pontet, curé de St-Palais, ayant les pouvoirs de sieurs Babinot, curé de St-Morice-de-Laurensanne, et du prieur de Mortagne ;

Tarnier, professeur de philosophie au collége de cette ville, porteur du pouvoir des Srs Corieux, curé de Léoville, et Peluchon, curé de Vibrac ;

De Long, prieur de Royan, fondé de pouvoirs des Sr Marnihac, prieur de Châlan, et de Gestière, curé de St-Palais-sur-Mer ;

Duret, professeur de quatrième, ayant pouvoir

des sieurs Magniac, curé de St-Germain-de-Vibrac, et Pongaudin, curé de St-Bonnet-sous-Barbezieux ;

Deluscan, chanoine, ayant pouvoir du prieur de St-Hillaire-de-Cous, et du Sr Ribaucour, curé d'Asnières ;

Cherbonnel, curé d'Orignolle, ayant les pouvoirs de Srs Magni, curé de Neuvi, et de la Faye, curé de Clérac ;

Guimbertau, curé de Boresse, fondé des pouvoirs des Srs Legendre, prieur de Châtenet, et Villefumade, curé de Jussas ;

Berniart, curé de Cous, ayant pouvoir de sieurs Martin, curé de Rouffignac, et Maurin, prieur et curé d'Expiremon ;

Ferret, curé de Saint-Martin-de-Pons, fondé de pouvoirs du Sr de Mâne, curé de Villexavier ;

Châteauneuf, curé de Barbezieux, en vertu des pouvoirs des sieurs Birot, curé de St-Médard, et Moulignier, curé de Regniac ;

Ranson, curé d'Arvert, chargé des pouvoirs de sieurs Desgranges, curé d'Estaule, et Peluchon, curé de St-Augustin ;

Moreau, curé des Mathes, chargé des pouvoirs de Srs Doussaint, curé de La Tremblade, et Roi, curé de Chailvette ;

Segons, curé de St-Georges-de-Didonne, ayant pouvoirs de sieurs Delmas, curé de St-Sulpice, et Guillemot, curé de Meschers ;

Bart, curé de Vassiac, fondé des pouvoirs de sieurs Durandeau, curé de la Clotte, et Calmet, curé de Boscamenant ;

Chandon, curé du Fouillou, muni des pouvoirs des sieurs Petit, curé de Cercoult, et Boutinet, curé de St-Pierre-du-Palais ;

Guillebot, curé de Ste-Colombe de Saintes, fondé des pouvoirs de Srs Surin, curé de la Barde, et Delmas, curé d'Antignac ;

Démarais, curé de Chalais, ayant pouvoir de l'Abbé de Chalais et du sieur Michel, curé de Chatignac ;

De Ransanne, curé de la Hoguette, muni du pouvoir du Sr Echevau, curé de Courpignac ;

Chasserau, curé de St-Michel de Saintes, fondé des pouvoirs des sieurs Faillés, curé de Salignac, et Benate, curé de Saint-Félix ;

Beauregard, prieur curé de Champagnolle, ayant pouvoir des sieurs Landreau, curé de St-Martial de Mirambeau, et Morineau, curé de St-Sorlin de Cosnac ;

Daubonneau, curé de Nieuil-le-Viroul, chargé des pouvoirs des Srs Fleury, curé de St-Hilaire-du-Bois, et Terrien, curé de St-Germain de Lusignan ;

Bernis, curé de St-Disant du Gua, muni des pouvoirs des sieurs Priolleau, curé de St-Thomas-de-Cosnac, et Garri, prieur de Brie-sous-Mortagne ;

Le Père Berthon, dominicain, ayant pouvoir de sieurs Chevalier, curé d'Allas-Bocage, et de Rouldi, curé de Chilliac ;

Coutelin, professeur de rhéthorique, muni des pouvoirs de S^rs L'Air, curé de Soubran, et Landreau, curé du Jazennes ;

Descorde, curé de Dôlus, ayant pouvoir des Srs Arnaud, curé de St-Disant-du-Bois, et Héraud, curé de Saint-Trojan ;

Gailledreau, curé de Belluire, fondé des pouvoirs des sieurs Riberaud, curé de St-Georges-des-Agouts, et Héraud, curé de Givrezac ;

Bruneau, curé de Plassac, ayant pouvoir des sieurs la Bordrie, curé de Clion, et Augier, curé de St-Segissemon de Clermon ;

Pelette, ancien prieur de St-Ciers de Cosnac, fondé des pouvoirs des sieurs Moncanp, curé de Consac, et Patoureau, curé de St-Ciers-de-Cônac ;

Durand, prieur de Rouffiac, ayant pouvoir des sieurs Keif, prieur d'Agudelle, et Pineau, curé de Mortagne ;

Fleury, curé de Ste-l'Heurine, muni des pouvoirs des sieurs Roches, curé de Sémillac, et Ripe de Beaulieu, curé de Germignac ;

Sazerat, curé de Notre-Dame-d'Oleron, chargé des pouvoirs des sieurs Favre, curé de Pizany, et Boutet, curé du Gua ;

Le Gris, chanoine, muni du pouvoir du chapitre cathédral de la Rochelle ;

Rivière, curé de St-Pierre-d'Oleron, chargé des

pouvoirs des Srs Gaboriaux, curé de St-Georges-d'Oleron, et Imbeau, curé de Hiers et Brouage ;

De la Magdelaine, Abbé de Vaux-sur-Mer, ayant pouvoir du Prieur de Ste-Radégonde-de-Talmont, et du sieur Drouhet, chapelain de la Couindrie ;

De La Mothe-Luchet, chanoine, fondé de pouvoirs de l'Abbé de Màdion, et du Prieur de St-Sauveur de Pons ;

Devergne, curé de Bois, ayant pouvoir du sieur Pherbos, curé d'Epargne ;

Le Père Favre, dominicain, fondé des pouvoirs des Srs Barré, curé de Florac, et de Plaine, curé de Boutenac ;

Réveillau, curé de St-Fort, muni des pouvoirs du sieur Lacroix, curé de St-Romain-de-Beaumou, et du Prieur des chapelles de Giraud;

Bonique, curé de Grezac, chargé des pouvoirs des sieurs Delpech, curé d'Arse, et Montauzon, prieur de Cozes ;

Laforest, prieur de Semussac, ayant pouvoir des sieurs Bau, curé du Chay, et Monnoir, curé de l'hôpital de Pons ;

Bernis, curé de Saint-Palais-de-Fiolin, muni des pouvoirs des Srs Mongiraud, curé de Ste-Ramée, et Duburg, curé de Coulonges ;

Hardy, chapelain des ..... (a), chargé des pouvoirs

(a) On lit *daunés ? ?*

des sieurs Querquis, curé de Thains, et Tourneur, curé de Ste-Hipolitte de Biard ;

Racapet, curé de St-Palais-lès-Saintes (a), fondé des pouvoirs de sieurs Kepler, curé de Thenac, et Beaurivier, curé de Cravans ;

Bernard, curé de Rétaud, ayant pouvoir du sieur Duchiroux, curé de St-Simphorien ;

Dufresne, chanoine, fondé des pouvoirs des prieur Davis (d'Avy?) et Gilbert, prieur….. (b).

Marillet, doyen et curé de Taillebourg, ayant pouvoirs du chapitre de Taillebourg, et du Prieur des Augustins de St-Savinien ;

Renaldi, chanoine, muni des pouvoirs des sieurs Jullien, prieur de St-Vaise, et de Lagnier, curé de Passirac ;

Forget, professeur, ayant pouvoir des sieurs Davit, prieur de Taillebourg, et Texier, curé d'Echebrune ;

Léonard, curé de Marennes, muni des pouvoirs des sieurs Gaboriaud, curé de St-Just, et du Prieur de Ste-Gemme ;

Gervais-Marie, curé de St-Pierre-de-Juliers, seigneur du fief de Saint-Simon, fondé des pouvoirs des sieurs Trenier, curé de St-Sornin, et Hillairet, curé de Dercis ;

(a) Le lecteur observera que M. Arnaud est déjà dit plus haut curé de Saint-Palais-lès-Saintes ; il doit donc y avoir ici une erreur.

(b) On lit à la suite le mot *guine*, faut-il lire prieur de *guine*, peut-être pour *guimps* qui aurait été mal écrit ?

Petit, professeur de Sablonceau, chargé des pouvoirs des sieurs Rambeau, curé de Monsanson, et Lagrange, curé de Sablonceau ;

Barreau, curé d'Arthenac, muni des pouvoirs des sieurs Fleury, curé de la Chapelle-Mageneau, et Monjou, curé de St-Eugène ;

Tessendier, chapelain de St-Romain, ayant pouvoir du sieur Lhamau, curé de Parcoult ;

De Lany, curé de Brive, ayant pouvoir des sieurs Boucherie, curé de Cuzac, et La Combe, curé de Brossac ;

Cornuaud, curé de St-Vivien-lès-Saintes, chargé des pouvoirs des Srs Hardy, curé de Monboyer, et Richard, curé de Guimps ;

Roullac, curé de Bardenac, ayant les pouvoirs des sieurs Delfieux, curé de Brie-sous-Chalais, et Laulagné, curé de St-Avy ;

Le Père Charlier, dominicain, ayant les pouvoirs des sieurs Ballay, curé de St-Ciprien, et Poirier, curé d'Hyviers ;

Bonnifleau, curé de St-Eutrope-lès-Saintes, ayant pouvoir du sieur Sicard (a) de Sérignac ;

Grelet, chanoine et chapelain des cotine (sic), fondé des pouvoirs des sieurs Pelletant, curé de St-Vallier, et Magistel, curé de Brie-sous-Barbezieux ;

Février, curé de Chaniers, muni des pouvoirs des

(a) Il faut évidemment ajouter ici : *curé*.

sieurs Marnihac,: curé de St-Laurent-des-Combes, et Ribereau, curé de Salle-sous-Barbezieux ;

Péronneau, curé de Dompierre et chapelain de la Société des Eglises, chargé des pouvoirs des sieurs Sarazin, curé de Sainte-Marie, et Péronneau, curé de Rioux-Martin ;

Du Pavillon, chanoine et chapelain de Cavignac, ayant pouvoirs des Prieurs de St-Laurent-des-Combes et de Barbezieux ;

Duret, curé de Condéon, chargé des pouvoirs des sieurs Lemit, curé de Berneuil-en-Barbezieux, et Dumeteau, curé de Ste-Souline ;

De Rupt, principal du collége, prieur de Ludon, muni des pouvoirs des sieurs Monjou, curé d'Auriolle, et Bertrand, curé de Mortiers ;

Favreau, prieur de St-George-de-Machenne, ayant pouvoir du Sr Barreau, curé de Saint-Aulai ;

La Croix de St-Ciprien, curé de St-Pierre de Saintes, fondé des pouvoirs des Srs Massac, curé de Médillac, et de Pressac, curé de St-Hilaire-sous-Barbezieux ;

Galtier, curé de Brie, ayant pouvoir des sieurs Bàque, curé d'Allas-Champagne, et Bouinot, curé de Neulle ;

Prieur, curé de Coulonge, chargé des pouvoirs des sieurs Bertrand, curé de Selle, et Brilloin, curé de Fléac ;

Le Père Duluc, carme, ayant pouvoir des carmes de Jonzac, et du sieur Bouyé, curé de Lussac ;

Blanchon, curé de Réaux, ayant pouvoir des sieurs Monnerot, curé de St-Maurice-de-Tavernolle, et Métivier, curé de St-Georges-de-Cubillac ;

De La Roche, curé de Chézac, nanti de pouvoirs du sieur Sicard, curé de Monchaude ;

Lavaur, curé de Coulombier, muni de pouvoirs des sieurs Lacoste, prieur de Xandeville, et Fournier, curé de Vignolle ;

Bonnerot, curé de St-Maur de Saintes, fondé de pouvoir de sieur Lafond, curé de St-Mégrin, et Connoy, curé de St-Agnan ;

Pabaud (Paband ?), curé de St-Ciers-Champagne, ayant les pouvoirs des sieurs de St-Légier, prieur de Champagnac, et Caix, prieur de Meux ;

De Pin, curé de Saint-Porchaire, muni des pouvoirs des sieurs Coffre, curé de Barret, et Normand, curé de Mazerolle ;

Verdier, prieur de Montignac, chargé de pouvoirs des sieurs Pontard, curé de Marignac, et Calmet, curé d'Ardenne ;

Laye, curé de Courcoury ;

Charlery, prieur de Biron, fondé de pouvoirs des sieurs Gauri, curé du Pont-Dussault, et La Plaine, curé d'Avy ;

Féty, curé de St-Seurin-de-Paleine, muni de

pouvoirs des sieurs Baudeles, curé de Bougniaud, et Sicard, curé de Montils ;

Auspitel de Lhomandie, curé de Chadenac, ayant les pouvoirs des sieurs Hospitel de L'Homandie, curé de Clan, et Lavergny, curé de Guittinière ;

Saulnier, curé de St-Simon de Pélouaille, chargé de pouvoirs des sieurs Laneau, curé de Villars, et Bertry, curé de Rioux ;

Martineau, vicaire député du clergé de St-Eutrope-lès-Saintes, ayant le pouvoir du sieur Marguat, curé de St-Léger près Pons ;

Robert, prieur de Gemozac, chargé des pouvoirs des Srs Venderquant, curé de Virollet, et Pain, curé de Thanzac ;

Châteauneuf, prieur de St-Quentin, fondé de pouvoirs des sieurs St-Martin, curé de St-Bonnet, et Tardy, curé de Semoussac ;

Le Père Loïx, gardien des Cordeliers de Saintes, ayant pouvoir des Cordeliers de Pons ;

Lintillac, curé de Chermignac, fondé de pouvoirs des sieurs Jarnac, curé de la Chaize, et Lacam, curé de Ste-Colombe ;

Croizier, théologal et M^e école, ayant pouvoir des Prieurs de Notre-Dame-de-Geay et de Daurion ;

Isle, archiprêtre et prieur de l'hôpital vieux de Pons, muni de pouvoirs des sieurs Magnier, curé de Mosnac, et des Religieuses de la Foix ;

Defoix, vicaire de Saint-Vivien-lès-Saintes, député

du clergé de la dite paroisse, chargé des pouvoirs des sieurs Ardouin, curé d'Ecurat, et Vrigneau, curé de Lhoumée ;

Ménard, curé de Plassay, ayant pouvoir des S⁏ Dugué, curé de Geay, et Maréchal, curé de S¹-Saturnin-de-Séchaud ;

Sibilot, curé de Soulignonne, fondé de pouvoirs des sieurs Cussac, curé de Nieuil-lès-Saintes, et Meunier, curé de S¹-Sulpice-d'Arnoul ;

Huon, curé de Jart (ou Jari ?) ayant pouvoir du sieur Laneau, curé de Le Mung ;

Lambert, vicaire de la Vallée, ayant les pouvoirs des prieur de la Vallée, et du S⁏ Varin, curé de S¹-Thomas-des-Bois ;

Bastaud, prieur de la Chaume, fondé de pouvoirs des sieurs Dégranges, curé de S¹-Michel de... (a), et Bonneau, curé de Pont-Labbé ;

Pichon de la Sablière, curé de Saujon, muni des pouvoirs des sieurs Violleau, curé de S¹-Fort-sous-Brouage, et Faye, curé de Léguille ;

Kaessy, prieur de S¹-Blaize, chargé de pouvoirs des S⁏ Ferluc, curé de S⁏ᵉ-Radégonde, et Chaigneaud, curé de Lussand ;

Rochon du Vigneaud, député du chapitre de Sablonseau, ayant pouvoir des sieurs Boutineau, prieur de

(a) Laurencel ? On lit plutôt : de Lannuel ?

St-Romain-de-Benet, et L'Aveau (sic), curé de Lilatte ;

Gonin de la Coste, curé de Crazanne, muni des pouvoirs des sieurs Marot, curé de Luchat, et Izembert, curé de Ste-Gemme ;

Broal, chapelain de Paudion (?), chargé de pouvoirs des Srs Delouche, curé de Corme-Royal, et Merveilleux, curé de Neuillac ;

Etourneau, curé de Thézac, ayant les pouvoirs des sieurs Baron, curé de Montpellier, et Mayeur, curé de Meursac ;

Barthélemy, curé de St-Clément, muni des pouvoirs des Srs Bachelot, curé de Thonnay-Charente, et Foucher, curé de Candé ;

Le Père Segons, député des dominicains de Saintes, en vertu des pouvoirs des Pères Jacobins de Pons ;

Roquefort, curé de St-Bris-des-Bois, chargé du pouvoir du Sr Lagrange, curé de St-Martial-de-Coculet ;

Jagaud, curé du Petit-Niort, muni du pouvoir du Sr Leloup des Vallées, curé de la Chapelle-des-Pots ;

Girard, chapelain de Joussinet, fondé des pouvoirs des vicaires de chœur de la cathédrale de Saintes;

Vieuille, prieur de St-Jâme ;

Babinot, curé de St-Denis-d'Oleron, ayant pouvoir du sieur Pontezière, curé de Lonzac ;

Beaudry, curé de St-Germain-du-Seudre, muni du pouvoir du sieur Vandais (Vaudais ?), curé de Préguillac ;

Hospitel de L'Homandie, curé de Brizambourg ;

Chaudière, curé de Pérignac, ayant pouvoir des sieurs la Baste, prieur de Meursac, et la Ridon, curé de la Clisse ;

Arnaud, prieur de Pessine ; Grenon, curé de St-George-des-Coteaux ; Monge, chapelain de Floirac ; Gravier, chapelain de Jacques Guérin ; Maurin, chapelain de Pierre Davidis ; Chevalot, chapelain de Méry Ytier ; Limal, député du clergé de Ste-Colombe de Saintes ; Morize, chapelain de Germignac ; Flequeming, curé de Louzac ;

Guérin, curé de Ste-Cézaire, ayant pouvoir du sieur Guilmeteau, curé de St-Sauvant ;

Simpé, chapelain des Agards (peut-être pour des Achards ?) ; de Laage, curé de Chandollan ; Gourgue, curé de Thenac ; Garlopeau, curé de Lajard, et Denéchaud, curé du Douhet.

Pour la

NOBLESSE.

Mre Le comte Damblimont-Fuschamberg, tant pour

lui que pour Mre de Verthamon, seigneur de Barret, en vertu de sa procuration ;

Mre Simon de la Porte-aux-Loups, chevalier, ayant pouvoir de la dame Pignot, veuve de la Porte ;

Mre Charles-Thomas de Vallée, chevalier, muni des pouvoirs de la dame de Mariolle, v^e de Mre Léon de Beauchamp, et de dame Marguerite Devallée, veuve de Mre Antoine de Beaupoil de St-Aulaire ;

Mre Jean-Grégoire, vicomte de St-Légier, fondé de pouvoirs de la dame Grézin de St-Marsault, v^e (a) de Mre Antoine de Beaupoil de St-Aulaire, et de dame Jeanne de St-Légier, chanoinesse comtesse d'Humblières ;

Mre Henry de Jaubert, chevalier, fondé de pouvoirs de Mre de Taillerand, comte de Périgord, et de Mre Thomas de Pressac ;

Mre Charles de Couvidou, chevalier, muni des pouvoirs de dem^lle de Marin, et de dame de Marin, v^e (de) Mre Ollivier de Queux ;

Mre Philipe de Laage, ayant pouvoir de dame Margueritte de Guinot, v^e de Mre Jacques Delaage, et de Mre Jacques-Josué de la Cour ;

(a) Erreur du copiste qui reproduit ici l'alliance précitée de Marguerite de Vallée. Madame Gréen de Saint-Marsault était veuve de M. Hector de Saint-Légier et non pas de M. de Saint-Aulaire.

Mre François-Raimon de Bouhet du Portal, chevalier, ayant pouvoir de dame de Monlevrier, v^e de Mre Jacques de la Barre (de) Vessière ;

Mre Julien-Gilbert, comte du Chafeaux, fondé de pouvoir de dame Henriette-Marie de Boucaud, v^e de Mre Mathieu, comte de Macnémara ;

Mre Charles-Michel Martin de Bonsonge, ayant pouvoir de Mre de Latournerie ;

Mre Jacques, comte de Luc, muni des pouvoirs de Mre Louis-Joseph Dalbi, comte de Châteaurenard, et de Mre Coustin, marquis de Caumon ;

Mre Dominique Vigoureux de la Roche, chevalier, fondé de pouvoirs de demoiselle Marie Berthinneau ;

Mre Claude-Jean-Baptiste, vicomte de Turpin de Jouhé, ayant les pouvoirs de Mre Joseph-Jacques, comte de Courbon, et de Mre Jacques-David-Léonard, comte de Caupenne ;

Mre Alexandre Froger de la Rigaudière, fondé du pouvoir de Mre Fresneaud ;

Mre Guillaume de Beaucorps, chevalier, ayant les pouvoir de la dame du Souchet, v^e de Mre François de Beaucorps, et de dame Rose Paillot, veuve de Mre Joseph de Bertineaud ;

Mre Auguste-Célestin-Hiacinte du Petit-Thouars, muni de pouvoirs de la dame Morisseau, v^e de

Mre François Alexandre Etourneau, et de Mre Pierre de Chièvre, chevalier ;

Mre Charles, comte de Blois, fondé de pouvoirs de Mre Pierre de Bigot de Beaulon, et de Mre Charles Gabriel Dauzy ;

Mre Henry-Auguste de Frogé, ayant les pouvoirs de Mre de Froger de la Rigaudière, et de Mre Alexis de Froger ;

Mre Léon, comte de la Marthonie, ayant les pouvoirs de Mre Jean Raimon de la Lande, et de la dame du Breuil de Fonros ;

Mre Jean-Auguste, comte de St-Légier, fondé des pouvoirs de Mre Michel des Mothes, et de Mre Gaspard-Armand de la Porte ;

Mre Raimon de Richier, chevalier, ayant les pouvoirs de la dame Robert ve de Moncarty (a), et de Mre Jean-Jacques, chevalier d'Isle ;

Mre Jean-Odon Grenier de la Flotte, ayant pouvoir de Mre Grenier de la Saujaye ;

Mre Léon, comte Danières, fondé du pouvoir de la dame de Berthineaud, ve de Mre comte Achards de Balanzac ;

Mre Jean Lemouzin, chevalier, ayant les pouvoirs Mre Jean de la Cour, et de la dame d'Aulnis, ve de Mre Jean-Gabriel Lemouzin ;

(a) *Mac-Carthy.*

Mre Nicolas Faucher de la Ligerie, ayant le pouvoir de dame de Gréfin, v^e de Mre du Cros de Jémaudeville ;

Mre Louis de Rigaud, comte de Vaudreuil, fondé des pouvoirs de Mre Lemoine de Sérigni ;

Mre Jozeph-René de Forestier de la Roumade, muni des pouvoirs de M^re chevalier de la Porte, et de Mre Delafaye de Brossac;

M^re Le vicomte de Beaumon de Courson, ayant les pouvoirs de Mre de Madronnet, et de Mre Charles des Arnaud ;

Mre Gabriel de Vildon, ayant le pouvoir de la dame de Bremont, chanoinesse-comtesse de Mets;

Mre Eutrope-Bernahé Pichon, fondé des pouvoirs de M^re chevalier d'Hérisson, et de Mre François Le Goubert ;

Mre Paul-Charles Dubreuil, comte de Guiteau, ayant les pouvoirs de la dame de Monguyon, v^e de Mre Dubreuil, comte de Guiteau, et de la dame Haranger du Ménil-Rolland, v^e de M^re comte de Chavagnac ;

Mre François Bérauld, chevalier du Pérou, muni des pouvoirs de la dame Huon, v^e de M^re marquis de Hionques, de demoiselle Bérauld Dupérou, de Mre Dupérou, prêtre, et de Mre Bérauld-Dupérou;

Mre Charles, comte Delivenne, fondé des pouvoirs

de Mre Delacroix du Repaire, et de Mre Maurice de Verthamon ;

Mre Charles, Marquis Decaillères, muni du pouvoir de Mre Decaillères, son frère ;

Mre André-Jean Grein de St-Marsault, fondé de pouvoir de Mre Gréen de St-Marseau, et de M^re? de Corminville ;

Mre Jozeph-Paul-Jean , comte de Lage de Volude, ayant les pouvoirs de Mre Marquis de Mons, et de M^re marquis de Lage de Volude, père ;

Mre Antoine-Jacques-Joseph, comte de Luc, fils, muni des pouvoirs de la dame de St-Mathieu, v^e de Mre Alexandre de Frétard, et de Mre Jean-Pierre Ducros de Ville ;

Mre Michel, vicomte du Bouset, fondé des pouvoirs de la dame le Berthon, v^e de Mre Barbeyrac de St-Maurice, et de Mre de Barbeyrac de St-Maurice ;

Mre Charles Malvin, marquis de Montazet, muni du pouvoir de Mre de Dampierre ;

Mre Pierre de Luchet, chevalier, fondé des pouvoirs de Mre Deluchet, et de Mre Dérisson ;

Mre Charles-Antoine Huon de Rône, ayant pouvoir de Mre de Marbottin de Conteneuil ;

Mre René, Marquis Daiguière, muni des pouvoirs Mre Desmoulins de Maspérier , et de Mre Guenon de St-Seurin ;

Mre Louis Poncharal, chevalier de Pouliac, fondé de pouvoirs de Mre François de Verthamon ;

Mre Pierre de Boscal de Réals, comte de Mornac, ayant les pouvoirs des enfants mineurs de Mre Berthinneau de St-Seurin, et de la dame Berthinneau, v^e de Mre de Guittard ;

Mre Etienne Compagnon de Thézac, muni du pouvoir de Mre de Rouvrois, Duc de St-Simon ;

M^{re} le chevalier de Cours, ayant le pouvoir de Mre de la Sauzai ;

Mre Michel-Henry Froger de Léguille, fondé des pouvoirs de Mre de la Baume-Pluvenel, et de dame de Lizardois, v^e de Mre de Vautron (a) ;

Mre Joseph Dupont-Duchambon, ayant les pouvoirs de la dame de Casrouge, v^e de Mre Mossion de la Gontrie, et de Mre de Lafaye de Brossac ;

Mre Gabriel-Izaïe Lemouzin, baron de Nieuil, muni du pouvoir de Mre de Courtray de Pradelle ;

Mre Charles-Joseph, vicomte de Cairon-Merville, fondé du pouvoir de la dame de Calvimon, v^e de M^{re} comte de Cairon de Merville ;

M^{re} Le comte de Grailly, ayant les pouvoirs de M^{re} le Comte, et de dame Massiot, v^e de Mre de Rossel ;

(a) Nicolas de *Voutron*.

Mre Etienne, chevalier Dexmier d'Archiac, fondé de pouvoir de dem^lle Dexmier de St-Simon d'Ar-chiac ;

Mre François de Loiselot, fondé du pouvoir des dames (sic) Michelle, v^e de Mre Dévallée (sic), (Anne Michel, veuve d'Alexandre de Valles) ;

Mre Joseph-Pierre des Robert, muni du pouvoir de dame de la Marthonie, épouse séparée du comte de Lescours ;

Mre Pierre-René, comte de Brémon Dars, muni des pouvoirs de la dame de Brémon Dars, v^e de M^re marquis de Verdelin, et de la dame Leforestier, épouse séparée de corps et de bien de Mre Crépin de la Chabosselay ;

Mre Jean-Louis, chevalier de Bremon, ayant les pouvoirs de Mre de Béjeon, et de Mre Dussaud ;

Mre Pierre-Charles-Auguste, vicomte de Brémon, fondé de pouvoirs de Mre de Bouchard-Desparbes de Lussand, comte de Jonzac, et des enfants mineurs de Mre Demâne ;

Mre Jacques-Gaspard, vicomte de Turpin, ayant les pouvoirs de M. le duc de Mortemar, et de Mre Marquis d'Isle ;

Mre Nicolas-Prosper, vicomte de Montalembert de Cers, muni des pouvoirs de M. le duc de la Trémouille, et de la dame de Senectère, v^e de M^{re} Le maréchal de Conflans ;

Mre Allain-Xavier, comte d'Abesac, ayant pouvoir de Mre Baron de St-Disant ;

Mre Guis de Beaupoil, chevalier de St-Aulaire de Brie, fondé des pouvoirs de la dame Amelotte, v^e de M^{re} Le comte de Bachouer, et de M^{re} de St-Aulaire de Brie ;

Mre Léon, comte de Beaumon, fondé des pouvoirs de la dame de Beaumon, v^e de Mre Defeillans, comte de Montierneuf, de dame de Montulé, épouse du Marquis Duchillau, de M^{re} marquis du Ménil-Simon ; de Mre Degréfin, chevalier de Jovelle, et de M^{re} Le chevalier Degréfin ;

Mre Charles-Henry de Beaucorps, baron de Lilleau, comme fondé de pouvoirs de la dame Dupin de Bellugard ;

Mre Jean-Antoine, vicomte de Cours, muni des pouvoirs de Mre de Méritains Derrios , de la dame Segond, v^e de Mre de Lambard (sic), (pour *Lombard*), de Bachoir, v^e de Mre Delestrade, de Mre Lafutzan (sic) de La Carre, de la demoiselle de la Guinallière, de M^{re} Le comte de Tison, et de M^{re} Le Coigneux ;

Mre Arnoul-Claude Poute, marquis de Nieuil, grand

Sénéchal de Saintonge, ayant le pouvoir de la dame Poute, v⁰ de Mʳᵉ marquis de Biénac ;

Mʳᵉ François Horric de la Roche-Tollay, père, fondé des pouvoirs des mineurs de Mʳᵉ Le Berthon, baron de Bonnemie, et de Mʳᵉ Deloubert ;

Mʳᵉ Gabriel de Lestrange, chevalier, fondé des pouvoirs de la dame de l'Estrange, v⁰ de Mʳᵉ de Courselle de Rigaud, et de Mʳᵉ Jean de Ransanne de Charbon-Blanc ;

Mʳᵉ Pierre-François Deripe, chevalier de Beaulieu, ayant les pouvoirs de Mʳᵉ Deripe de Sᵗᵉ-Leurine, et de Mʳᵉ Deripe de Beaulieu, demeurant à Germignac ;

Mʳᵉ Marc-Antoine, marquis de Cumon, muni des pouvoirs de Mʳᵉ Prigué (sic) de Grippeville, chevalier, et de Mʳᵉ de Bayas de Laubarède ;

Mʳᵉ Fᵒⁱˢ-Louis, vicomte de Mallet, fondé des pouvoirs de Mʳᵉ Delamothe-Criteuil, et de demoiselle de Sᵗ-Aulaire de Parsay ;

Mʳᵉ Charles de Fradin, ayant pouvoir de Mʳᵉ de Guérin de Létang, et de dame de Fradin, v⁰ de Mʳᵉ de Toyon ;

Mʳᵉ Jacques, baron de Restier, muni du pouvoir de Mʳᵉ Depindray ;

Mʳᵉ Joseph du Bois, chevalier, fondé du pouvoir de Mʳᵉ Dubois de la Gravelle ;

Mʳᵉ le marquis de Lafaye, muni des pouvoirs de

M^{re} marquis de Raimon, et de Mre de Bouran, chevalier ;

Mre Henry-Gaspard de la Porte-aux-Loups, chevalier, ayant le pouvoir de la dame de Livenne, v^e de M^{re} marquis de Linars ;

Mre Michel de Toyon, fondé du pouvoir de Mre Detoyon, chevalier, seigneur du Trotard ;

Mre François de Berthelot du Couret, chevalier, ayant pouvoir de Mre Jacques-François Drouhet, et de Mre de Ripe de Beaulieu ;

Mre Bernard de Bonnevin, muni du pouvoir de Mre Bernardeau de la Briendière ;

Mre François, chevalier de Pindray, fondé de pouvoirs de Mre Depindray, et de Mre Chapelle de Jumiliac ;

Mre Anne-Gérôme de La Age (sic), ayant les pouvoirs de Mre de Cosson de Guimps ;

Mre Jean, baron de Latour de Geay, muni du pouvoir de la dame de Guinot de Monconseil, épouse de Mre Dalzasse, prince d'Hénin ;

Mre Ancelin, chevalier de Bernésard ; Mre Louis Ancelin de la Garde ; M^{re} le comte Henri D'aiguière ; Mre Harpedanne, comte de Belleville ; M^{re} D'aiguière ; M^{re} le marquis de Lange-Comnène ; M^{re} le comte Danière, père ; Mre de Beaupoil, marquis de St-Aulaire ; Mre de Beaupoil de St-Aulaire, chevalier ;

Mre Dohet de Boisron ; Mre Beaupoil de St-Aulaire, chevalier ; M^re le baron de Bonnefois de Brétouville ; Mre Nicolas de Bussard ; Mre Boudon de la Combe ; Mre de Court ; Mre Louis de Couvidou de St-Palais, chevalier, fils ; M^re le marquis de la Chambre ; Mre de Coulon du Gentis ; Mre Dubois Lande ; Mre Charles-François-Ferdinand Dupont du Chambon ; M^re le vicomte du Ménil-Simon ; M^re le duc de la Rochefoucault ; Mre Dauray, comte de Brie ; Mre de Robert Dupin ; M^re le baron de Foucaud ; Mre de Flambart de Bessac ; Mre Faucher de la Ligerie, fils ; M^re le chevalier de Fleurians ; Mre de Flambart de Vibrac ; Mre de Flambard des Arnaud ; M^re le chevalier de Flambard ; Mre Gui de Ferrière ; Mre Horri de Laugerie ; Mre de la Romagère, baron de Fontaine ; M^re le marquis de la Roche-Courbon ; Mre de la Crois de Besne ; M^re le comte de la Roche-Courbon ; Mre de la Croix de St-Cyprien ; Mre Meauduit de Kerliviou ; Mre Antoine de Malvin, comte de Montazet ; Mre de Masne ; M^re le chevalier de Moncourier ; Mre Mossion de la Gontrie ; Mre de Meauville (sic) de Langle ; M^re le baron de Mallet ; Mre Pottier de Pommeroy ; Mre Pichon de la Gord ; Mre Pichon de Richemon, fils ; Mre Louis-Eutrope-Alexandre de Poncharal, marquis de Pouliac ; Mre de Guessard (sic) de Beaulieu ; Mre Saulnier de Beaupine ; M^re le chevalier de Salbert ; M^re le comte de Salbert ; Mre Armand le Gardeur Delhilly, chevalier ; Mre Valet de Salignac ; Mre Charles de Boudins, vicomte de Venderbourg ; Mre Vétat de Chandoré (a) ; Mre Vasselot de la Chênaye ; Mre Deguérin ; M^re le chevalier de Guinot ; Mre Etienne Guenon des Mesnard ; M^re le comte de la Tour du Pin, commandant en chef de la Province de Saintonge ; Mre Louis Badiff de Vaujompe ; Mre Jean-François Hillairet de Boisferron ; Mre Elie-François Devassoigne ; Mre François de L'isle de Beaulieu (sic) ; Mre Pierre de Masvallée ; Mre Emanuel Horric de la Rochetollay ; Mre Pierre Horric de la Rochetollay ; M^re le chevalier Daiguière ; M^re le chevalier Faucher de la Ligerie ; Mre Emanuël-Cajétan le Berthon de Bonnemie.

Pour le

TIERS-ÉTAT.

Sieurs Pierre-Ambroise Marchay et Jean-Louis Magistel , no^res Royaux ; sieurs Jacques-Alexis Messin, Claude Bérauld, Jacques Peligneau, Jacques Merseau, Paul de Russy et Pierre Cramiech ; les sieurs Manès, Durivaud, Dubois, Million, Poitevin, Lamothe, Granier, Chobelet, Pierre-Izaac Garesché, Pierre-Izaac Guibert, Jean-Joseph Bourgeois, Léo-

---

(a) L'armorial du Périgord par M. de Froidefond, donne à la famille Vétal des armes tout autres que celles qui lui ont été attribuées par M. de la Morinerie. Vétat de Champdoré porte, d'après M. de Froidefond : d'azur à trois trangles d'argent, sommées de trois merlettes d'or en pal.

nard Veillon, Jacques Meaux, Pierre Brung aîné, Bonnefois aîné, Landreau, Maillet, Boisveau médecin,
Laverny avocat, Mouffelet procureur fiscal, Makaire
architecte, Barreau no^{re}, Barthélemy bachelier en
droit, Chevreux no^{re}, Jean-Victor Moreau et Pierre
Moreau jeune, no^{res} royaux ; Delafaye Maine bour-
geois, Blanc avocat, Vergnon chirurgien, Bourdier
no^{re} royal, Delafaye du Bourgouin avocat en parlement,
Rouénet juge, Gallier, Berthonneau, Grossin, Bauvay,
Jullien, Tillard, Vacquier, Coffre, Duplaix, Durand,
Baudry, Cadiot, Monnerot, Dejarnac, Bergérac,
Beaudry, Dutard, Perruchon, Roi, Genet, Favereau
Dépulle, Dussault, Gardrat, Jousseau, Landry, Bon-
neau, Galnon, Tourneur, Charles Gaillard, Germain,
Servant, Yvonnet, Héard avocat, Châteauneuf, Fou-
caud, Depré, Ardouin, Prévostière, Arnaud, Chas-
seuil, Chauvin, Perrinet no^{re}, Guillau de Cercé,
Laplanche, Boisbeleau, Bon, Roullet, Tourneur,
Pillet, no^{re}, Delafenestre, Augereau, Fonteneau,
Ranson, Garnier, Berthus, Bascle, Lamartinière,
Chatelier, Héard, Drouilhard, Jean Bourdier, Belle-
Isle Jean Bourdier aîné, bourgeois ; Frischon no^{re},
Barreau, Habraam de Létage, Faure, avocats ;
Féteau, Landreau, St-Paul, Pelletant, Sérisier, Jean-
Philippe Barbottin, no^{re} R^{al}, Jean Bonarme, Latouche
bourgeois, Jean Rouland marchand, Lamarque
avocat, Reneau, Guérin, Renaud, Sorel, Durand,
Bihard, Bourdeille, Jossand, Grécourt juge, Meriau

avocat, Roche, Lusseau, Beaudry, Broussard, Maisonneuve, Broussard, Livenne ; Lamauzé, Broussard du Maine, Lafaye des Marais, Sarrazin de Caillère, Guimbelot, Rousset, Ribereau-Lafaurie, Birot Desgravier millor (sic), Mioulle, de la Faye des Rabiers, Ribereau no^{re}, Ratier, Riquet avocats ; Bruley, Paul Naud, Geneuil, Marchand, Saulnier (a), Rocher, Vigen, Amaniou, Moulinier, Piet, Élie-Daniel Maréchal, Étienne et Louis Héraud, Bernard, Rivière, Rousseau, Chambion, Chevalier Létang, Pierre Jollet ; M. M. M. Louis-Nicolas Lemercier lieutenant criminel, Garnier avocat du Roi, Bernard et du Chesne avocats, Garreau aussi avocat, Durand, Granier, Guillotin, de Fougerai Georges, Peponnet, Boilève Barbier fils, Morisset, Loranceau, Jagault, avocats ; Jean, Serisier, Quantin, Basset, Pain, Bodin, Phelipot, Roudier, Routier, Laporte des Marais, Reutin, Renaud, Sicard, Lorent, Hérard, Lambert, Bertrand, Gout, Bertier, Louis Sorin, Beaudouin, Gelineau, Gouineau, Dugué, Ballay, Foucaud, Ponvert, Mesnard, Batard, Machefert, Breton, Begaud, Méchin, Garlopeau, Rousseau, Merriaud et Février (b).

(a) *Marchand Saulnier* est peut-être un qualificatif professionnel du nom de Geneuil ?

(b) La liste du Tiers offrait quelques difficultés, eu égard à la ponctuation défectueuse de l'Expédition. Certains noms auront donc pu être scindés et d'autres, au contraire, accolés indûment. Nous accueillerons avec empressement les réclamations qui pourront se produire à ce sujet.

L'appel fait, nous avons donné acte aux comparans de leur présence et prononcé défaut contre les absens ; puis nous avons requis tous les membres de l'assemblée de prêter serment, ceux du Clergé la main *ad pectus*, et ceux des deux autres Ordres la main levée, de bien et fidèlement s'occuper, d'abord de la rédaction de leurs cahiers, puis, de l'élection de leurs députés aux États-Généraux.

Le serment général prêté et reçu, nous avons prononcé aux trois Ordres un discours relatif aux circonstances, et les avons interpellés s'ils entendaient procéder séparément ou en commun à la rédaction de leurs cahiers et l'élection de leurs députés.

A quoi ayant été répondu par les Ordres qu'ils désiraient s'occuper de ces objets séparément et dans des chambres particulières, nous avons clos la présente séance et renvoyé la continuation des suivantes, pour le Clergé, dans la chambre synodale, sous la présidence de monseigneur de la Rochefoucaud, Évêque de cette ville ; pour la Noblesse, présidée par nous, dans la salle d'exercice du collége, et pour le Tiers-État, dans la présente salle, sous la présidence de monsieur le Berthon, lieutenant-général ; à Saintes les jour, mois et an susdits, sur l'heure de midi.

Mⁱˢ de NIEUIL.

BRUNET, greff⁻.

Le vingt-sept mars mil-sept cent-quatre-vingt-neuf, sur les dix heures du matin, les trois Ordres de la Sénéchaussée de Saintonge étant rassemblés dans la grand'salle du Palais Royal de Saintes, par-devant nous Grand-Sénéchal susdit, assisté de M. de Beaune, procureur du Roi, et de Me Brunet, greffier en chef, sont comparus les huit députés pour les États-Généraux, nommés séparément par les trois Ordres de la Sénéchaussée, conformément aux lettres et règlement de Sa Majesté. Savoir : pour le Clergé, MM. L'Évêque et de Brousse de Beauregard, prieur de Champagnolle ;

Pour la Noblesse : MM. Le comte de Latour Dupin, lieutenant-général et commandant de cette province, et de Richier ; pour le Tiers : MM. Garesché, négociant ; Lemercier, lieutenant-général-criminel du Présidial ; Augier, négociant ; et Ratier, avocat ; lesquels nous ont remis les procès-verbaux particuliers de leur élection.

Après quoi, nous avons pris et reçu le serment en tel cas requis des dits députés, moyennant lequel ils ont chacun en droit soi juré de bien et fidèlement remplir leur commission dans l'Assemblée prochaine de la Nation, conformément aux dispositions de leurs cahiers et des instructions et pouvoirs qui leur ont été donnés par leurs Ordres respectifs et que nous avons cotés et paraphés en chaque page, et signés à la der-

nière avec notre greffier, ainsi que les dits procès-
verbaux de leur élection ; _à la B. N._

Ce fait, nous avons prononcé un discours de clôture
de l'Assemblée, puis rédigé et signé le présent, les
jour, mois et an que dessus, sur l'heure de midi.

> Poute, m^{is} de Nieuil, Sénéchal de Saintonge,
> *ne varietur.*

> Brunet, greff^r (a).

Aujourd'hui 26 mars 1789, à 8 heures du matin,
en l'Assemblée de la Noblesse de la Sénéchaussée de
Saintonge, présidée par M. le Marquis de Nieuil,
Grand-Sénéchal de la Province, on a procédé à un
deuxième scrutin pour l'élection du premier député
aux États-Généraux. Le résultat n'ayant pas produit la
majorité des voix requises par le règlement, et MM. de
Richier et le comte de La Tour du Pin réunissant le
plus de suffrages, on est allé une troisième fois au
scrutin qui a fait connaître que M. de Richier avait
obtenu la pluralité et qu'il était député.

Aujourd'hui, même jour, à trois heures après midi,

(a) Nous avons conservé scrupuleusement dans la repro-
duction de ce procès-verbal, l'orthographe des noms propres. Celle des noms de lieux n'a été rectifiée que dans
certains cas où ces noms étaient par trop défigurés.

il a été procédé à la nomination du deuxième député. Le résultat du premier scrutin n'offrant pour aucun des membres de l'Assemblée la majorité de voix suffisante pour être élu, le second a mis en concurrence M. Le comte de la Tour du Pin et M. le comte de Bremond d'Ars ; M. Le comte de la Tour du Pin ayant acquis par le troisième tour de scrutin la majorité des voix, il a été déclaré le second député. Fait et arrêté dans la salle du collége de Saintes, lieu des séances de l'Assemblée.

Marquis de NIEUIL.

Le vicomte de St-Légier, secrétaire.

EXTRAIT

Des registres des délibérations de la Noblesse de la Sénéchaussée de Saintonge, convoquée à Saintes, le samedi premier Août 1789, en vertu du règlement fait par le Roi, le 27 Juin 1789, concernant les mandats des Députés aux États-Généraux.

Nous, membres de la Noblesse de la Sénéchaussée de Saintonge, rassemblés extraordinairement par M. le Sénéchal ou son lieutenant, sur la demande de nos Députés aux États-Généraux, autorisés par le Règlement de Sa Majesté, concernant les mandats impératifs, en date du 27 Juin dernier, regrettons que le retard de cette invitation nous ait privés de donner plus tôt aux Députés les nouveaux pouvoirs qui leur sont nécessaires pour travailler à la Constitution et aux grands objets de bien public, dont s'occupe l'Assemblée nationale ; considérant que les mandats impératifs dont ils étaient porteurs, les ont empêchés jusqu'à ce moment d'opiner avec les autres membres de la dite Assemblée, nous nous empressons de rendre public l'hommage sincère dû à leur probité qui leur a persuadé avec juste raison que rien ne pouvait les délier du serment qu'ils avaient fait de se conformer scrupuleusement à nos pouvoirs, et nous les louons d'avoir reconnu ce principe de morale universelle, qu'un délégué de saurait agir qu'en vertu d'un nouveau mandat de ses commettans, lorsque celui dont il était porteur a été annulé de quelque manière que ce soit. Constamment occupés du bonheur de la Nation, et bien convaincus que le premier et le plus honorable de tous les titres est incontestablement celui de Citoyen, nous ordonnons à nos Députés de concourir avec les autres représentans du Peuple Français à accélérer le grand ouvrage de la régénération de l'État ; de prendre, pour y parvenir, les moyens que leur sagesse et leurs lumières leur indiqueront, déclarant nous en rapporter à leur honneur et à leur zèle pour la conservation des Droits respectifs de tous les membres de la grande famille. En conséquence, nous révoquons et annulons les précédents mandats que nous leur avons donnés et qui pouvaient ne pas seconder le patriotisme qui nous anime et le désir si vrai qu'aura constamment la Noblesse de Saintonge, de cimenter l'union précieuse qui a toujours régné entre les trois Ordres de la Province, accoutumés à se regarder comme frères.

Collationné et certifié conforme à l'original, à Saintes, le 2 août 1789.

Signé :

Le m^{is} D'AIGUIÈRES, président.

COMMISSAIRES de la Noblesse.

Vte TURPIN.
Cte de LIVENNE.
Cte de BREMOND D'ARS, député suppléant.
Vte CLAUDE TURPIN DE JOUHÉ, député suppléant.
Vte SAINT-LÉGIER, secrétaire de la Noblesse.

Discours prononcé dans la chambre de la Noblesse
par M. Taillet, vicaire-général de l'Evêque de Saintes,
portant la parole pour la députation du Clergé, à
l'Ordre de la Noblesse :

Messieurs,

L'Ordre du Clergé qui tient par les liens les plus
étroits à l'Ordre de la Noblesse, désire resserrer ces
liens de plus en plus. Autrefois les deux Ordres étaient
réunis par la jouissance de presque tous les mêmes
priviléges ; ils se trouvent réunis aujourd'hui d'une
manière plus flatteuse, j'ose le dire, par le sacrifice
commun qu'ils ont fait de ces priviléges à la prospé-
rité nationale. Nous sommes infiniment flattés, Messieurs, d'avoir été choisis pour déposer le vœu de
notre Ordre dans une Assemblée aussi auguste, où se
trouvent réunis des noms illustres, de grandes dignités
avec de grands talents, de longs et brillants services,
la raison la plus éclairée et les vertus les plus patriotiques ; dans une Assemblée dont tous les membres
sont échauffés par le sentiment énergique de l'honneur français qui est la plus sûre sauve-garde de
l'Etat et sa plus douce espérance.

DÉCLARATION

De MM^{rs} Richier et le comte Pierre de Bremont d'Ars, députés de la Noblesse de la Sénéchaussée de Saintonge, sur le décret rendu par l'Assemblée Nationale, le 19 Juin 1790.

La Noblesse de la Sénéchaussée de Saintonge ayant dit aux Députés qu'elle envoyait à l'Assemblée des Etats-Généraux :

« Vous renoncerez pour nous tous à toutes les exemptions pécuniaires dont nous avons joui jusqu'à ce moment, vous demanderez que l'impôt soit réparti selon les facultés de chaque contribuable; vous direz que nous ne voulons plus de ces priviléges injustes que nous reprochait le pauvre dont ils aggravaient la misère. Mais, comme après ces sacrifices dont la justice et la générosité nous font un devoir bien doux, il ne nous restera que des distinctions d'honneur, les seules dont nous soyons jaloux, parce qu'elles sont les témoignages glorieux et la récompense du courage et de la vertu de nos pères, comme la plus noble portion de leur antique héritage, nous vous recommandons de les maintenir de tout votre pouvoir. Que si jamais on s'efforçait d'y porter atteinte, si on cherchait à anéantir ou à dégrader la Noblesse héréditaire, cette propriété sacrée qui nous a été transmise avec le sang et qui ne peut finir qu'avec la Monarchie, alors vous déclarerez, en notre nom, que nulle puissance n'a le droit de nous en priver, et vous vous opposerez à toutes les décisions qui tendraient effectivement à abolir les prérogatives de la Noblesse française, prérogatives d'autant plus précieuses à celle de Saintonge, que ces avantages purement d'opinion ne sauraient être onéreux aux autres classes de citoyens qui, dans la Monarchie, sont tous indistinctement appelés à les partager par le mérite et le talent. »

Nous, soussignés, Députés de la Noblesse de Saintonge, bien persuadés que nous serions indignes de l'estime et de la confiance honorables de nos commettans, si nous ne remplissions pas les obligations qu'ils nous ont imposées sous la religion du serment, en prenant pour la conservation de leurs droits tous les moyens qui dépendent de nous, nous déclarons qu'après avoir tenté inutilement d'élever la voix pour réclamer contre le décret porté par l'Assemblée Nationale, dans la séance du 19 de ce mois, décret qui, en abolissant la Noblesse, prononce implicitement la destruction du gouvernement monarchique, après le refus fait le lendemain à l'un de nous par la dite Assemblée, de recevoir l'opposition que nous voulions renouveler et déposer sur le bureau, nous avons cru devoir protester, comme en effet nous protestons au nom et pour l'intérêt de nos commettans, contre l'illégalité de cet acte émané de la majorité de l'Assemblée

Nationale, entièrement destructif des principes avoués et décrétés par elle dans l'article VI de sa déclaration des droits de l'Homme et du Citoyen, et dans le onzième de ceux de la nuit du 4 Août.

Et comme l'Assemblée ne peut point recevoir les protestations de ceux de ses membres que les circonstances et leur serment mettent dans le cas d'en faire contre ses arrêtés, nous avons résolu de déposer la nôtre chez un officier public pour y demeurer en perpétuel témoignage de notre fidélité au mandat dont nous avons juré de ne jamais nous écarter.

Signé :

PIERRE DE BREMOND D'ARS,

RICHIER,

Députés de la Sénéchaussée de Saintonge.

Paris, le 22 juin 1790 (a).

(a) De l'imprimerie de J. Girouard, rue de Grenelle S.-H.; vis-à-vis les *Fermes.*

De MM. les gentilshommes et autres Français des Provinces de Saintonge et d'Angoumois, émigrés avec les Princes frères du Roy; et réunis en cantonnement à Münster-Maienfeld, dans l'Electorat de Trèves, sous les ordres de Leurs A. R. Monsieur, et Monseigneur Comte d'Artois, depuis le mois de Janvier 1792.

MESSIEURS	ANNÉE de leur Naissance.	ORDRE auquel ils appartiennent.	PROVINCE qu'ils habitent.	ÉPOQUE de leur arrivée au cantonnement.
Le chevalier de Brilhac.	1731	Noblesse.	Saintonge.	Décembre 1791.
Le vicomte Turpin de Jouhé.	1732	Noblesse.	Saintonge.	Décembre 1791.
Le marquis d'Asnières de la Barde.	1735	Noblesse.	Angoumois.	Décembre 1791.
Le baron de La Laurencie-Chadurie.	1742	Noblesse.	Saintonge.	
De Gaillard.		Noblesse.	Saintonge.	Décembre 1791.
De Brousse de Montendre.	1753	Tiers-Etat.	Paris.	Décembre 1791.
De Laage de Saint-Germain.	1755	Noblesse.	Saintonge.	Janvier 1792.
Le chevalier de Montalembert d'Orlu.	1739	Noblesse.	Angoumois.	
Guy de Beaupoil, chevalier de Saint-Aulaire.	1750	Noblesse.	Saintonge.	
Le chevalier de Beaumont-du-Peux.	1764	Noblesse.	Saintonge.	
Le chevalier Faucher de la Ligerie.	1755	Noblesse.	Saintonge.	Janvier 1792.
Léon Sardin de la Soutière.		Noblesse.	Angoumois.	

MESSIEURS	ANNÉE de leur Naissance.	ORDRE auquel ils appartiennent.	PROVINCE qu'ils habitent.	ÉPOQUE de leur arrivée au cantonnement.
Rippe de Beaulieu.	1764	Noblesse.	Saintonge.	
De la Croix de Besne.	1752	Noblesse.	Saintonge.	
De Robert du Pin.	1768	Noblesse.	Saintonge.	
De Vigneau, l'aîné.	1767	Noblesse.	Aunis.	
De Vigneau, jeune.	1769		Aunis.	
De Pérez.	1766	Noblesse.	Angoumois.	
Alexis Pallet d'Antraize.	1759	Noblesse.	Saintonge.	24 décembre 1791.
Jean-Baptiste Pallet d'Antraize.	1770	Noblesse.	Saintonge.	24 décembre 1791.
Chausse de Lunesse, l'aîné.			Angoumois.	
Chausse de Lunesse, jeune.			Angoumois.	
Restier de Saint-Vallier.	1774	Noblesse.	Saintonge.	
De la Haye du Mesnil.	1764	Noblesse.	Aunis.	
Du Chesne.	1766	Noblesse.	Aunis.	
De Beaupoil de Saint-Aulaire de Bric.	1774	Noblesse.	Saintonge.	Janvier 1792.
Huet, cadet.	1764	Tiers-Etat.	Angoumois.	Janvier 1792.
Huet, jeune.	1766	Tiers-Etat.	Angoumois.	
Arsonneau.	1758	Tiers-Etat.	Saintonge.	
De-Régnaud, prêtre.		Clergé.	Angoumois.	Janvier 1792.
Le chevalier de Régnaud.	1767	Noblesse.	Angoumois.	Janvier 1792.
Horric du Rabit.		Noblesse.	Angoumois.	Janvier 1792.
D'Asnières de Villefranche.		Noblesse.	Angoumois.	Janvier 1792.
J. A. de la Croix de Ville.		*Françoise.*	*Saintonge.*	*Janvier 1792.*
De Maumont.	1759	Noblesse.	Angoumois.	Janvier 1792.
Le comte Pierre de Bremond-Ars.		Noblesse.	Saintonge.	12 janvier 1792.
Comte de Montalembert de Cers.	1746	Noblesse.	Angoumois.	12 janvier 1792.
Le chevalier de Luchet.	1740	Noblesse.	Saintonge.	12 janvier 1792.
Vigoureux de la Roche.	1770	Noblesse.	Saintonge.	12 janvier 1792.
Bretinauld de Méré.	1743	Noblesse.	Saintonge.	12 janvier 1792.
Le chevalier de Beaucorps.	1771	Noblesse.	Saintonge.	12 janvier 1792.
De Mannes de Monlieu.		Noblesse.	Saintonge.	
Siccard, prêtre.	1759	Tiers-Etat.	Angoumois.	
Siccard.	1770	Tiers-Etat.	Saintonge.	
Lévescot.		Tiers-Etat.	Saintonge.	
Viaud.	1759	Tiers-Etat.	Saintonge.	
Fruger.		Tiers-Etat.	Saintonge.	
Chagnaud.	1771	Tiers-Etat.	Angoumois.	
Gérardin du Deffend.		Tiers-Etat.	Saintonge.	
Sazerat *.		Tiers-Etat.	Saintonge.	
Trébuchet.		Noblesse.	Saintonge.	
Le chevalier Horric de la Rochetolay.	1756	Noblesse.	Angoumois.	
Badiffe de Vaujompe.		Noblesse.	Saintonge.	
De Chevreuse de Tourteron.		Noblesse.	Angoumois.	
Le chevalier de Chevreuse-Tourteron.		Noblesse.	Angoumois.	
Dumas de la Touche.		Tiers-Etat.	Saintonge.	
Pintau.		Tiers-Etat.	Angoumois.	
Du Faure de Fossac *.		Tiers-Etat.	Angoumois.	
Lurat.		Tiers-Etat.	Saintonge.	
Chadutau.		Tiers-Etat.	Angoumois.	
Le comte Dauray de Brie.	1744	Noblesse.	Annis.	
De Cumont des Salles.		Noblesse.	Saintonge.	

MESSIEURS	ANNÉE de leur Naissance	ORDRE auquel ils appartiennent	PROVINCE qu'ils habitent	ÉPOQUE de leur arrivée au cantonnement
De Robert du Pin.		Noblesse.	Saintonge.	
Ancelin de Saint-Quentin.		Noblesse.	Saintonge.	
Siccard-Varennes.		Tiers-État.	Angoumois.	
Gilbert de Gourville.		Tiers-État.	Aunis.	
Faure d'Ormois.		Tiers-État.	Saintonge.	
Faure-Corbigni.		Tiers-État.	Saintonge.	
De Chambre.		Noblesse.	Saintonge.	
Le Tors de Larroy.		Tiers-État.	Saintonge.	
Paulin de Barbeirac de Saint-Maurice-Souvigné.	1775			
Le comte de Luc.		Noblesse.	Saintonge.	
De Valtée de Monsanson.		Noblesse.	Saintonge.	
De Lany.		Noblesse.	Saintonge.	
Henri Berry.		Tiers-État.	Saintonge.	
Le comte de Crussol de Montausier.		Noblesse.	Angoumois.	
Grousseau de Chapitre.		Noblesse.	Saintonge.	
Barriérou de Caillères.		Noblesse.	Angoumois.	
Salomon.		Noblesse.	Saintonge.	
Salomon de Boistruffier.		Noblesse.	Angoumois.	
Salomon de Laugerie.		Noblesse.	Angoumois.	
Le chevalier de la Croix.		Noblesse.	Angoumois.	
De Corgnol.		Noblesse.	Angoumois.	
Robouste de Laubarrière.		Noblesse.	Angoumois.	
Grenier de la Sauzaye.		Noblesse.	Saintonge.	
Le commandeur de la Laurencie.		Noblesse.	Saintonge.	
Bureau du Bourdet.		Noblesse.	Saintonge.	
Le comte de Beaumont-Gibaud.		Noblesse.	Saintonge.	
De Bonnevin de Jussas.		Noblesse.	Saintonga.	
Le chevalier de Roccard.		Noblesse.	Angoumois.	
De Morel.		Noblesse.	Angoumois.	
Le vicomte de Malartie.		Noblesse.	Aunis.	
Bridaud *.		Tiers-État.	Aunis.	
Du Rousseau de Ferrières.		Noblesse.	Angoumois.	
Des Essarts.		Tiers-État.	Bretagne.	
Le marquis de Livron de Puyvidal.		Noblesse.	Angoumois.	
Le marquis Dauray de Brie.		Noblesse.	Angoumois.	
Le vicomte Dauray de Brie.		Noblesse.	Saintonge.	
Le vicomte de Chastaigner du Lindois.		Noblesse.	Angoumois.	
De Juglard de Clayes.		Noblesse.	Angoumois.	
Babinet de Nouzières *.		Tiers-État.	Angoumois.	
Roccard.		Noblesse.	Angoumois.	
Dauphin de La Poire.		Noblesse.	Angoumois.	
Du Rousseau de Lézignac.		Noblesse.	Angoumois.	
Guyot de Petit-Champ.		Noblesse.	Angoumois.	
De May.		Tiers-État.	Angoumois.	
Le comte de Mornac Réal de Boscul.		Noblesse.	Saintonge.	
Le baron de Fénelon de la Maingoterie.		Noblesse.	Angoumois.	
Castin de Guérin du Portail-Rouge.		Noblesse.	Saintonge.	
Garrost de Russas.		Tiers-État.	Angoumois.	
De Maubuet.		Noblesse.	Angoumois.	

Messieurs	ANNÉE de leur naissance.	ORDRE auquel ils appartiennent.	PROVINCE qu'ils habitent.	ÉPOQUE de leur arrivée au cantonnement.
Mossion de la Geôtrie.		Noblesse.	Saintonge.	9 avril 1792.
Pichon de Richemond.		Noblesse.	Saintonge.	9 avril 1792.
Bureau de Civrac.		Noblesse.	Saintonge.	9 avril 1792.
Du Bois de Saint-Mandé-Longeville.		Noblesse.	Saintonge.	9 avril 1792.
D'Anglars.		Noblesse.	Saintonge.	9 avril 1792.
Charles d'Anglars.		Noblesse.	Saintonge.	9 avril 1792.
Le chevalier d'Anglars.		Noblesse.	Saintonge.	9 avril 1792.
Griffon du Bellay.		Noblesse.	Saintonge.	9 avril 1792.
Alexis Griffon de Pillon.		Noblesse.	Saintonge.	avril 1792.
Du Bousquet d'Argens.*		Tiers-Ent.	Angoumois.	20 avril 1792.
De Champagnac.		Noblesse.	Angoumois.	22 avril.
De Chauveron.		Noblesse.	Saintonge.	24 avril.
Bigot.		Tiers-Etat.	Angoumois.	24 avril.
Huet, l'aîné.		Tiers-Etat.	Saintonge.	24 avril.
De Valles.		Noblesse.	Angoumois.	29 avril.
Le marquis de Fénelon.		Noblesse.	Aunis.	3 mai.
De La Baume.		Clerc.	Saintonge.	4 mai.
Pascal Croisier.		Tiers-Etat.	Aunis.	4 mai.
Bourdon.				
Roy, député du Tiers-Etat de la Sénéchaussée.	1748		Angoumois.	8 mai.

Messieurs	ANNÉE de leur naissance.	ORDRE auquel ils appartiennent.	PROVINCE qu'ils habitent.	ÉPOQUE de leur arrivée au cantonnement.
Arnaud de Viville.		Noblesse.	Angoumois.	8 mai.
Le marquis de Saint-Georges-Vérac.		Noblesse.	Saintonge.	mai.
Le baron de Mallet de Puivalier.		Noblesse.	Saintonge.	mai.
Monnoir.		Tiers-Etat.	Saintonge.	mai.
Le comte Hippolyte de Saint-Simon-Rouvrói.		Noblesse.	Angoumois.	2 juin.
Perrodeau.		Noblesse.	Saintonge.	8 juin.
D'Hauzen.		Noblesse.	Angoumois.	9 juin.
De Chillau.		Tiers-Etat.	Angoumois.	27 juillet.
Le marquis de Montazet-Plassac.		Noblesse.	Saintonge.	août.
Le marquis de Saint-Orens.		Noblesse.	Saintonge.	août.
Du Perrey.		Noblesse.	Saintonge.	août.
De Lisle-Bonlieu.		Tiers-Etat.	Saintonge.	août.
De la Croix.		Noblesse.	Angoumois.	août.
Le chevalier de Saint-Aulaire-de-la-Dixmerie.				
Fradin du Tastet.		Noblesse.	Saintonge.	août.
La Chaise.		Noblesse.	Angoumois.	septembre.

* Nous avons marqué d'un astérisque les noms qui, suivant nous, ont été classés à tort dans l'Ordre du Tiers-Etat, puisqu'ils figurent dans les listes électorales de la Noblesse. Quant à ceux pour lesquels nous n'avions pas ce genre de preuve, nous leur avons laissé la classification de l'*État Nominatif*, qui ne peut d'ailleurs préjuger quoi que ce soit dans une question d'origine.

Contrôle de la compagnie de cavalerie des gentilshommes de Saintonge et Angoumois, formée à Münster-Maienfeld dans l'Electorat de Trèves.

MESSIEURS.	PROVINCE.	DATE de la réunion.
Anne-Marie-André de Crussol d'Uzès, comte de Montausier, capitaine.	Angoumois.	Janvier 1792.
Jacques-Gaspard de Turpin, vicomte de Jouhé.	Saintonge.	Décembre 1791.
Marc-Antoine, marquis de Cumont.	Saintonge.	Janvier 1792.
Charles-Grégoire, marquis de Beauchamp-Grand-Fief.	Saintonge.	Août 1792.
Dominique-Joseph Vigoureux de la Roche.	Saintonge.	Janvier 1792.
De Lalaurencie, commandeur du Temple d'Angers.	Angoumois.	Février.
Gabriel, chevalier de la Croix.	Saintonge.	Février.
Jean-Baptiste-François Doré de Brie de Lile.	Saintonge.	Février.
René-Alexandre Doré de Brie de Landrais.	Saintonge.	Janvier.
L.-C.-Alexandre-Julien de Chambre.	Saintonge.	Janvier.
Pierre-Charles de Luchet.	Saintonge.	Janvier.
Louis-Charles Mossion de Lagontrie.	Saintonge.	Mars.
Joseph de Gaillard.	Saintonge.	Décembre.
Charles-Antoine, baron de Lalaurencie.	Saintonge.	Décembre.
Pierre de Réals, comte de Mornac.	Saintonge.	Mars.
Charles-Thomas de Vallée de Monsanson.	Saintonge.	Février.
Antoine-Jacques-Joseph, comte de Luc.	Saintonge.	Février.
Jean-Etienne de Laage de Saint-Germain.	Saintonge.	Janvier.
Pierre, comte de Bremond-Ars, député de la Noblesse de Marquis de Saint-Georges de Couthé-Vérac.	Saintonge.	Janvier. Avril.
Louis Budiffe de Vaujompes.	Saintonge.	Février.
Prosper de Montalembert, marquis de Cers.	Angoumois.	Janvier.
René, marquis de Vassoigne.	Saintonge.	Avril.
Guy de Beaupoil de Saint-Aulaire de Brie.	Saintonge.	Janvier.
Dominique-Joseph-Gabriel de Bretinauld de Méré.	Saintonge.	Janvier.
Pierre-Louis-Marie Ancelin de Saint-Quentin.	Saintonge.	Février.
Cosson de Guimps.	Aunis.	Août.
Duchesne.	Angoumois.	Janvier.
Chillau.	Saintonge.	Juillet.
Auguste-Cajétan Dufaure de Fossac.	Saintonge.	Février.
De Malvin, marquis de Montazet.	Saintonge.	16 août.
De Savari, comte de Brèves.	Berry.	22 août.

FIN.

ERRATA.

———

Page 8, 26ᵉ ligne, après la virgule, ajoutez : *il.*

Page 25, 3ᵉ ligne, du lisez : *de.*

Page 41, 23ᵉ ligne, Marquis lisez : *marquis.*

Page 42, 4ᵉ ligne, Baron lisez : *baron.*

Page 48, renvoi (*b*), 1ʳᵉ ligne, au lieu de en lisez : *eu.*

Imp. Lemarié.

www.ingramcontent.com/pod-product-compliance
Lightning Source LLC
Chambersburg PA
CBHW060815180626
46818CB00002B/825